走失了, 怎麼辦?

文 蠟筆哥哥　圖 WaHa Huang

今天天氣真好，
媽媽要帶小樂出去兜兜風。
出發之前，媽媽叮嚀小樂：
「出門後，你要緊緊跟住媽媽，」

「　還要記住媽媽屁股的樣子喔！　」

過了一會兒，
小樂慌慌張張的說：
「媽媽，我看不見妳的屁股了！」

小ㄒㄧㄠˇ樂ㄌㄜˋ停ㄊㄧㄥˊ了ㄌㄜ˙下ㄒㄧㄚˋ來ㄌㄞˊ：
「怎ㄗㄣˇ麼ㄇㄜ˙辦ㄅㄢˋ，媽ㄇㄚ媽ㄇㄚ不ㄅㄨˋ見ㄐㄧㄢˋ了ㄌㄜ˙！」

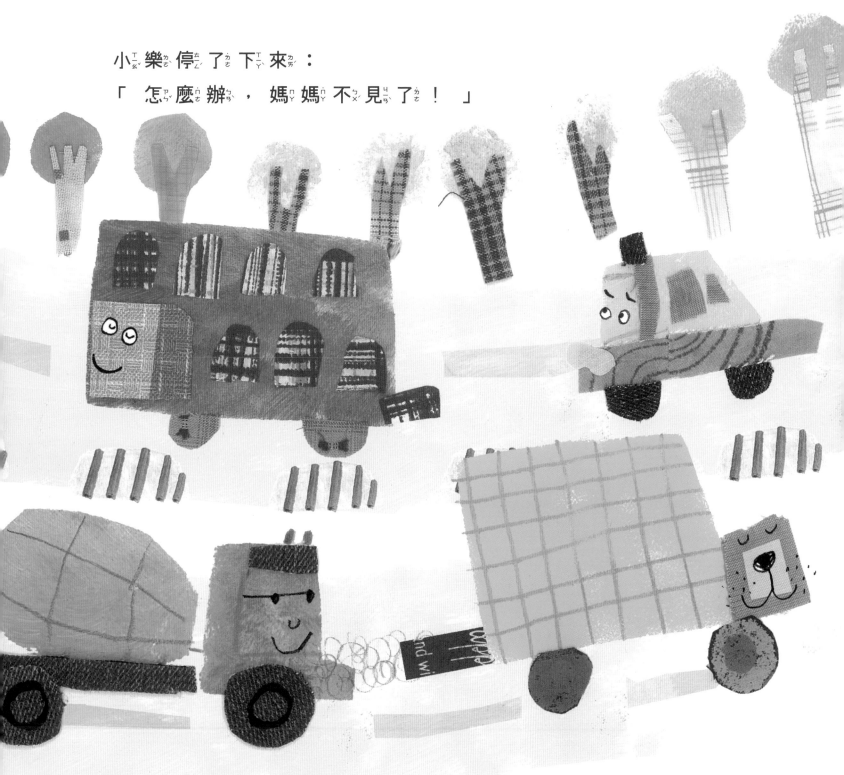

他ㄊㄚ想ㄒㄧㄤˇ去ㄑㄩˋ找ㄓㄠˇ媽ㄇㄚ媽ㄇㄚ，卻ㄑㄩㄝˋ不ㄅㄨˋ敢ㄍㄢˇ回ㄏㄨㄟˊ到ㄉㄠˋ馬ㄇㄚˇ路ㄌㄨˋ上ㄕㄤˋ，
大ㄉㄚˋ家ㄐㄧㄚ都ㄉㄡ跑ㄆㄠˇ得ㄉㄜ˙好ㄏㄠˇ快ㄎㄨㄞˋ。

這時忽然來了一輛大卡車，
屁股還冒出好多黑煙！

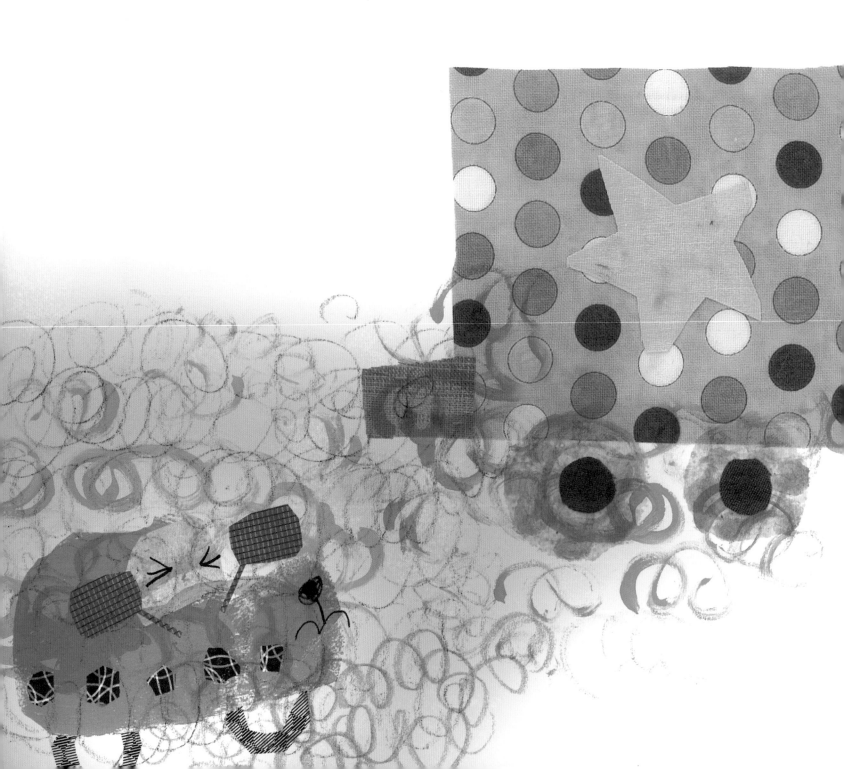

小ㄒㄧㄠˇ樂ㄌㄜˋ嚇ㄒㄧㄚˋ了ㄌㄜ˙一ㄧˊ跳ㄊㄧㄠˋ，
跳ㄊㄧㄠˋ到ㄉㄠˋ他ㄊㄚ身ㄕㄣ上ㄕㄤˋ的ㄉㄜ˙是ㄕˋ一ㄧˋ隻ㄓ小ㄒㄧㄠˇ貓ㄇㄠ。
小ㄒㄧㄠˇ貓ㄇㄠ說ㄕㄨㄛ：「抱ㄅㄠˋ歉ㄑㄧㄢˋ，我ㄨㄛˇ好ㄏㄠˇ像ㄒㄧㄤˋ嚇ㄒㄧㄚˋ到ㄉㄠˋ你ㄋㄧˇ了ㄌㄜ˙。你ㄋㄧˇ為ㄨㄟˋ
什ㄕㄣˊ麼ㄇㄜ˙停ㄊㄧㄥˊ在ㄗㄞˋ路ㄌㄨˋ邊ㄅㄧㄢ呢ㄋㄜ˙？」
「我ㄨㄛˇ……我ㄨㄛˇ在ㄗㄞˋ找ㄓㄠˇ我ㄨㄛˇ的ㄉㄜ˙媽ㄇㄚ媽ㄇㄚ˙！」小ㄒㄧㄠˇ樂ㄌㄜˋ回ㄏㄨㄟˊ答ㄉㄚˊ。
「我ㄨㄛˇ也ㄧㄝˇ在ㄗㄞˋ找ㄓㄠˇ媽ㄇㄚ媽ㄇㄚ˙！」小ㄒㄧㄠˇ貓ㄇㄠ驚ㄐㄧㄥ訝ㄧㄚˋ的ㄉㄜ˙說ㄕㄨㄛ。

「 太巧了， 那我們一起找吧！
媽媽教過我， 如果走丟了， 要留在原來的地方喔！ 」
小貓自信滿滿的樣子。

這時，有幾輛帥氣的跑車停了下來。
「叭叭，小弟弟，
要不要去車車樂園玩呀？」
小樂想了想，搖搖頭說：
「不行，我要留在這裡等媽媽。」
於是跑車開走了。

馬路上擠滿車子， 一輛載滿汽車的運輸車緩緩的
開了過來。

「 媽媽是粉紅色的， 屁股上有綁一個蝴蝶結。」
小樂答。
「 好， 我們如果看到她， 會請她來找你。 」
說完， 運輸車也離開了。

接著開過來的是一輛拖吊車：「小傢伙，
是你壞掉，需要救援嗎？」
「不，我只是在等媽媽回來。」小樂說。
「那應該是前面的車子……」
拖吊車話還沒說完，就急著離開了。

「哎呀，下雨了。」

「媽媽沒事吧？」

小貓突然睜大了眼睛：
「好像有車開過來。」

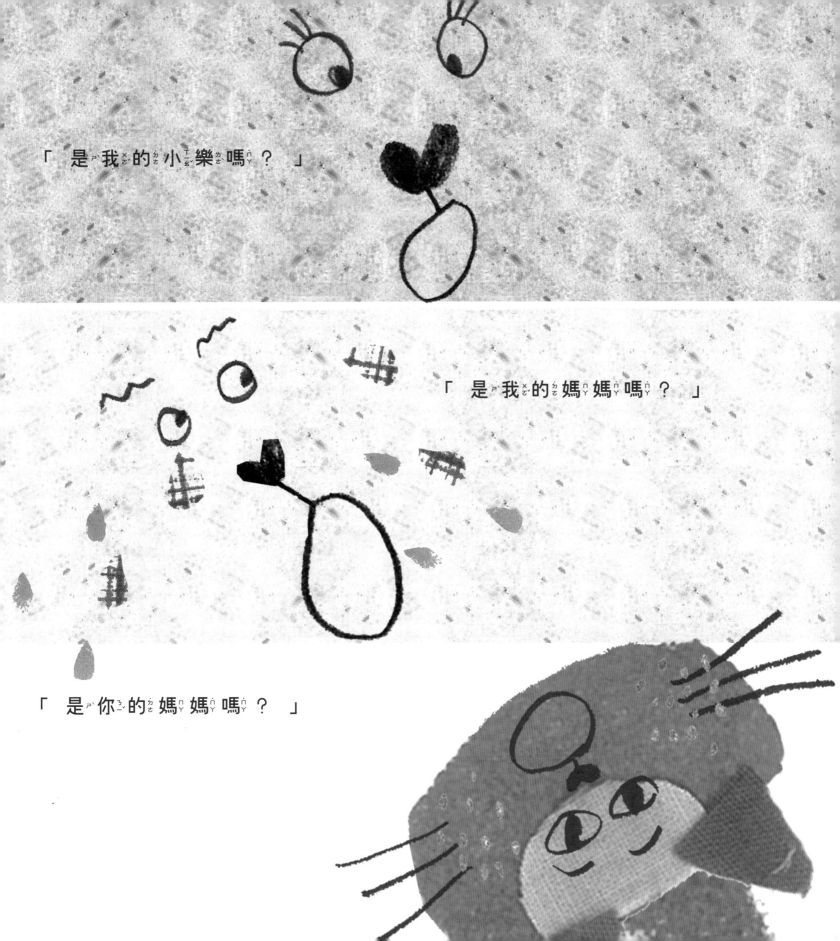

「是我的小樂嗎？」

「是我的媽媽嗎？」

「是你的媽媽嗎？」

你ㄋㄧˇ媽ㄇㄚ媽ㄇㄚ
也ㄧㄝˇ不ㄅㄨˋ見ㄐㄧㄢˋ了ㄌㄜ嗎ㄇㄚ？

「媽ㄇㄚ媽ㄇㄚ，我ㄨㄛˇ好ㄏㄠˇ想ㄒㄧㄤˇ妳ㄋㄧˇ喔ㄛ！」小ㄒㄧㄠˇ樂ㄌㄜˋ說ㄕㄨㄛ。

「小ㄒㄧㄠˇ樂ㄌㄜˋ對ㄉㄨㄟˋ不ㄅㄨˋ起ㄑㄧˇ，我ㄨㄛˇ沒ㄇㄟˊ發ㄈㄚ現ㄒㄧㄢˋ你ㄋㄧˇ沒ㄇㄟˊ跟ㄍㄣ上ㄕㄤˋ！」媽ㄇㄚ媽ㄇㄚ說ㄕㄨㄛ道ㄉㄠˋ。

小ㄒㄠˇ樂ㄌㄜˋ開ㄎㄞ心ㄒㄧㄣ的ㄉㄜ˙問ㄨㄣˋ小ㄒㄠˇ貓ㄇㄠ要ㄧㄠˋ不ㄅㄨˋ要ㄧㄠˋ一ㄧˋ起ㄑㄧˇ去ㄑㄩˋ
兜ㄉㄡ風ㄈㄥ，小ㄒㄠˇ貓ㄇㄠ雖ㄙㄨㄟ然ㄖㄢˊ很ㄏㄣˇ想ㄒㄧㄤˇ去ㄑㄩˋ，最ㄗㄨㄟˋ後ㄏㄡˋ還ㄏㄞˊ
是ㄕˋ決ㄐㄩㄝˊ定ㄉㄧㄥˋ待ㄉㄞ在ㄗㄞˋ原ㄩㄢˊ地ㄉㄧˋ等ㄉㄥˇ媽ㄇㄚ媽ㄇㄚ˙。

還好小貓沒有離開……

因為警察伯伯找到了貓媽媽，
最後，大家開心的一起出去玩。

作者的話

　　今年我的孩子邁入兩歲了，從一歲開始會走，接著跑，然後健步如飛，有時一不注意小孩差點就不見了。

　　有人會說，外頭太危險了，不要出去就好。但孩子總是要長大，學習獨立，況且幼兒若成天關在家也會悶壞的。

　　幫助孩子在外安全的探索，絕對是我們家長的責任。我們得從孩子還沒正式「**上路**」前，就要開始和孩子約定出門在外的「**安全守則**」。以下我也提出一些策略，給各位家長參考，鼓勵大家平時就多多演練，孩子在外探索時我們才能放心，進而放手。

一、記住家長名字和電話　平常就盡量讓幼兒記住主要照顧者的稱謂、姓名和電話。萬一走失時，才能將這些資訊提供給救援人員，以利有效的協助幼兒找到家長。並且請孩子記住報案電話：110，需要時可以求助警察。

二、外出前，記住彼此的衣服顏色　出門前請孩子記住大人衣著的顏色（或者特徵），家長也要記住孩子衣服的顏色。這樣若是不小心在人群中走散，可以提供協尋人員有用的線索。

三、外出時要跟緊大人　不要遠離大人的視線範圍，在人多擁擠的地方，也一定要和大人牽手。

四、萬一走失了　留在原地，等親人來找你，若是陌生人來說要帶你去找家人，絕對不能跟他們去！除非對象是「可以幫助你的人」。什麼樣的人屬於可以提供幫助的人呢？

五、懂得找「對的人」幫忙　平時就可以告訴孩子誰可以在走失時幫助他，譬如在百貨公司時，可以找服務台的工作人員；在便利商店可以找店員；在馬路上可以找警察……等。平常多認識各行各業的工作人員，需要時協助時，尋找店員、警察、郵務士就更容易了。

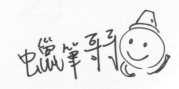

走失了，怎麼辦？

文	蠟筆哥哥
圖	Waha Huang
主編	胡琇雅
企劃	倪瑞廷
美術編輯	蘇怡方
董事長	趙政岷
總編輯	梁芳春
出版者	時報文化出版企業股份有限公司
	108019 台北市和平西路三段 240 號七樓
發行專線	（02）2306-6842
讀者服務專線	0800-231-705、（02）2304-7103
讀者服務傳真	（02）2304-6858
郵撥	1934-4724 時報文化出版公司
信箱	10899 臺北華江橋郵局第 99 信箱
統一編號	01405937
時報悅讀網	www.readingtimes.com.tw
法律顧問	理律法律事務所 陳長文律師、李念祖律師

初版一刷	2020 年 06 月 12 日
初版五刷	2024 年 08 月 15 日

Printed in Taiwan